AF232891

DISCOURS

DE

M. BORNICOLE,

LANTERNE-SOURDE DE LA COHORTE DES BORNARDS,

CONTRE

Le Sieur ENAVANT,

PORTE - LUMIÈRE DE LA LÉGION DES PROGRESSIFS,

Translaté en vers français

ET

DÉDIÉ A MM. LES ÉLECTEURS DE FRANCE

PAR

Le DOCTEUR **LE CABEL.**

La vertu, sans argent, est un meuble inutile.
BOILEAU.

Prix : 30 centimes.

PARIS,

58, RUE ROCHECHOUART, CHEZ LE CONCIERGE,

ET CHEZ TOUS LES LIBRAIRES.

MARS 1842.

AVIS.

Imprimerie de WORMS, boulevart Pigale, 46 (extra-murs).

DISCOURS

DU

GRAND BORNICOLE.

Un soulier progressif succéder au sabot,
Le gaz étincelant remplacer le falot,
Aux ombres de la nuit préférer la lumière,
Et vouloir que l'esprit domine la matière !
Qui donc chante cela ? Quelles vives rumeurs
Viennent ainsi troubler le calme de nos mœurs ?
Bornards, mes bien-aimés, c'est à vous que j'adresse
Ces quelques mots timbrés du sceau de ma sagesse.

Si le sieur Enavant avait mieux réfléchi,
Sous le joug du savoir il n'aurait pas fléchi.
Quoi ? par le temps qui court, son hostile éloquence,
Etale insolemment les droits de la science !

Et, devant vous, il a cette témérité
D'exalter le talent et la capacité !
A tous financiers il ôte la parole
Et la passe aux Cochins qui n'ont pas une obole !
Pour diriger la guerre il veut un Catinat
Et prendrait Richelieu pour ministre d'état ;
Aux hommes éminens il ouvre la barrière
Sans s'occuper du cens en aucune manière !
Suivant lui, les abus avec confusion,
Fuiraient épouvantés de cette invasion ;
Et nous, riches Bornards, pour tâter de l'empire,
Nous serions tous forcés d'aller apprendre à lire

Grosjean paie à l'impôt au moins dix-mille francs,
Il a donc, de plein jeu, mille et mille talens
Et de l'honneur ! Il fait parfois hausser la rente ;
De la moralité ! Consultez sa patente.
Qui paie un fort tribut est fidèle à son roi,
Le reçu du caissier est son acte de foi.

Ce diamant poli, l'élégant Lamartine,
Dont les vers et le nom nous rappellent Racine,

Devait-il abjurer, en qualité d'auteur,

Le titre de BORNARD et de CONSERVATEUR ?

Il acquitte le cens, et mieux que moi peut-être;

Mais, des autres Français monsieur veut le bien-être;

Fermant sur lui la porte à toute ambition,

Il ne parle, il n'écrit que pour la NATION !

Et quelle NATION ! C'est cette multitude

Qui délaisse l'argent pour courir à l'étude

Et s'en va rassemblant, au lieu de bons écus,

L'ameublement mesquin des plus rares vertus.

Ils lisent Massillon et dédaignent Barême !

Qui pourra-t-on gagner avec un tel système ?

Ils ignorent, les sots, que la corruption,

De l'art de gouverner, première notion,

A deux agens parfaits : fortune et jouissance,

Et peut mener le vice à la toute puissance.

Avec elle bravons un stupide courroux,

Le peuple souverain, le PEUPLE FORT, C'EST NOUS !

Et non, ce pourfendeur qui ne sait pas lui-même

S'il doit prendre un bonnet ou ceindre un diadême,

Il fut géant jadis : il faut en faire un nain,

Nous nous le passerons de la main à la main.

Des beaux arts supprimons l'inutile bagage :

Que sert de cultiver et polir son langage

Et par de longs travaux affermir sa raison ?
Ce culte est idolâtre et n'est plus de saison.
Loin de nous ces vains mots d'*honneur* et de *patrie*,
De *haine* des abus et de la *tyrannie* ;
La vertu les créa pour nous calomnier
Et produisit Caton pour nous humilier.

Qui cultive avec art la carotte batave
Vaut mieux, pour député, qu'un docteur Boerhave.
Les médecins tentés de palper et de voir
Gênent, le plus souvent, l'action du pouvoir.
Si nous nous cramponnons à la rude nature,
Le parti des savans est en déconfiture.
Bornards, éloignez-les, où vous aurez le sort
De dresser un budget qui, sur tous point,s ait tort.
Point d'artilleurs non plus ; ils dirigent la foudre,
Et le malin esprit s'est glissé dans leur poudre.
Or, nul esprit par nous ne doit être adopté,
A moins que par malheur il n'y soit importé.
Point de prêtres surtout ! La soutane est rebelle ;
Au prêt sans intérêt elle est par trop fidèle ;
Parle *devoirs* et *droits* et douce *charité* ;
Et tout en priant Dieu fait de l'humanité !

Aux guerriers vétérans ouvrirez-vous la porte?
Ils ont versé leur sang; eh bien! que nous importe?
Laissez-les se vanter en discours superflus
De nous avoir soustraits au danger qui n'est plus;
Les services présens recevront une prime :
En donner au passé ce serait presqu'un crime,
Oublier un bienfait c'est être généreux.
Jean Bart n'est qu'un brigand dès qu'il est malheureux.

J'admire, avec amour, ce peuple d'Angleterre !
Emérite soutien de la pomme de terre,
Il la fait apparaître à chacun des repas,
Chaque jour il en mange et ne s'en lasse pas.
On le mène au bâton, il croit qu'on le caresse,
Il se dit *peuple libre* et pourtant on le *presse!*
Ainsi l'Amirauté fournit des matelots
Ilotes destinés à mourir sur les flots.
Cette *traite des blancs* nous irait à merveille,
Et de nos libéraux ferait baisser l'oreille.
Ah! que je rirais fort si l'Odillon-Barrot,
Promeneur des vieux rois, était mis au canot;
Et s'en allait traîner autour du Nouveau-Monde
Les inutilités de sa grave faconde.

Le plus plaisant serait notre orateur Berryer,
Traqué comme un renard au sortir du terrier !
Il saurait joliment se poser en Eschine,
Et du duc de Bordeaux dire un mot à la Chine.

Revenons aux Anglais : J'aime leurs bourgs pourris
Et leurs gros centriers de gras beefteacks nourris.
Leurs torys quelquefois tournent droit à la buse,
Et leurs wighs, libéraux dont le flegme m'amuse,
Trouvent très gracieux que le peuple hébété
Du vieux rite d'état soit toujours entêté.
Wighs, torys, ont raison : ce sont de vrais modèles,
A leurs enseignemens vous serez tous fidèles.

Aux d'Amboise, aux Pascal, aux Bayard, aux Puget,
Abandonnons la gloire et gardons le budget.
Que représentons-nous, au fait ? La betterave,
La vigne et le froment, le grenier et la cave !
La houille entre nos mains se convertit en or,
Nous fîmes du savon, nous en ferons encor.

On ne nous voit jamais, dans de pensers sinistres,
Prendre au collet un fait qui trouble les ministres ;
S'ils prosternent la France aux pieds de l'étranger,
Nous courrons aussitôt auprès d'eux nous ranger.
De nombreux pots de vin ont coulé dans leur poche,
Nos cris étoufferont la plainte et le reproche ;
Et tenant toujours prêts des bills d'indemnité,
Nous en votons l'hommage avec solennité.
Aujourd'hui pour Priam, et demain pous Ulysse,
Nous savons à propos rentrer dans la coulisse ;
Et le vainqueur frappé d'un heureux dénouement,
Demeure stupéfait de notre dévouement.

Bornards, je vous le dis les yeux mouillés de larmes,
Malgré le fort appui des sensibles gendarmes,
Redoutez, surveillez les flots impétueux
De ces hommes sans biens, proclamés vertueux.
Qu'ils soient déshérités ! *Bornards*, le prolétaire
Est né pour nous servir, travailler et se taire.

NOTES.

> A tous nos financiers, il ôte la parole
> Et la donne aux Cochin, qui n'ont pas une obole.

Henri COCHIN, né à Paris en 1687, joignit à l'étude de la jurisprudence celle des orateurs et des philosophes anciens et modernes, grecs, latins, italiens et français.

A 22 ans, il plaida sa première cause avec un succès tel, qu'il prit dès lors rang parmi les sommités du barreau. Il mourut à Paris en 1747.

Bernard, qui a fait la préface de ses ouvrages, a peint Cochin comme orateur, comme écrivain, comme chrétien, comme citoyen; et sous ces quatre rapports, il a justifié l'opinion du public de son temps ; ce public le consultait comme un oracle.

> Qui cultive avec art, la carotte batave
> Vaut mieux, pour député, qu'un docteur Boerhave.

Herman BOERHAVE naquit en 1668, à Voorhout, près Leyde, où il fut professeur en médecine, en chimie et en botanique, trois places qu'il dut à l'appréciation que la fameuse université de Leyde fit de ses talents et de ses mœurs.

Il fut associé aux académies de Paris et de Londres.

Il mourut en 1738.

Avant d'être connu, il fut obligé, pour subsister, de donner des leçons de mathématiques, et laissa à sa fille unique quatre millions, monnaie de France, pour héritage.

Ses aphorismes lui ont mérité, par leur précision et leur clarté, le surnom d'Euclide de la médecine, et l'Église de St-Pierre, à Leyde, contient le monument funéraire que la reconnaissance publique a élevé à ce moderne Hippocrate.

> Jean Barth est un brigand dès qu'il est malheureux.

Jean BART, né à Dunkerque, fils d'un simple pêcheur, par la

singularité, l'étendue et la puissance de son courage, passa de grade en grade, sans protecteur, sans argent et sans intrigue jusqu'au poste de chef d'escadre. Il ne savait ni lire, ni écrire, ni parler correctement le français, mais il battait en toutes rencontres les habiles marins de l'Angleterre et de la Hollande. Louis XIV régnait.

Il se dit peuple libre et pourtant on le presse.

PRESSE, méthode anglaise : elle consiste à faire entrer bon gré mal gré le premier venu sur un navire de l'État pour y servir la cause qu'il plaît au gouvernement d'embrasser. Les capitaines ne se font pas faute, dans leurs VISITES sur les ports ou dans les navires étrangers, de prendre les hommes qui leur conviennent sous le prétexte qu'ils *sont* ou *doivent* être sujets de la Grande-Bretagne.

Revenons aux Anglais : j'aime leurs bourgs pourris

Tout le monde sait que les *bourgs pourris* en Angleterre et ainsi nommés par les Anglais eux-mêmes, sont ceux qui nomment pour de l'argent les hommes tarés qui, leur sont indiqués tantôt par la faction ministérielle, tantôt par celle qui est opposée à cette dernière.

Aux d'Amboise, aux Pascal, aux Bayard, aux Puget.

George d'AMBOISE ministre d'état de LOUIS XII surnommé le père du peuple, rendit les Français heureux et fut aussi remarquable par son désintéressement que par son zèle pour le bien public. Devenu archevêque et cardinal, il ne posséda jamais qu'un SEUL BÉNÉFICE dont il consacra les deux tiers à la *nourriture des pauvres* et à l'entretien des églises.

Il mourut modestement à Lyon dans le couvent des Célestins; il n'était âgé que de 50 ans.

Blaise PASCAL, né à Clermont en Auvergne en 1625, mathématicien, géomètre, physicien, moraliste et grand écrivain découvrit que les effets attribués jusqu'alors à *l'horreur du vuide* sont causés par la *pesanteur de l'air*, détermina la ligne courbe que décrit en l'air le clou d'une roue quand elle roule de son mouvement ordinaire, écrivit contre les Jésuites, les 18 lettres provinciales mélange admirable de fine plaisanterie et de satyre virulante, écrit dans un style élégant et pur.

Boileau les regardait comme le plus parfait ouvrage en prose qui fut dans notre langue. C'était le seul ouvrage dont Bossuet aurait préféré être l'auteur parce que toutes les sortes d'éloquences y sont renfermées, et Voltaire considère l'apparition de ce beau travail comme formant l'époque précise de la fixation du langage en France.

Tout le monde connaît Pierre du Terrail de Bayard, le chevalier *sans peur et sans reproche* qui servit dans les armées de Charles VIII, de Louis XII et de Francois I , refusa deux mille pistoles que son hôte lui envoyait parce qu'il l'avait garanti du pillage, et voulut mourir la face tournée contre l'ennemi.

Pierre PUGET, sculpteur, peintre et architecte, né à Marseille en 1622, mort dans la même ville en 1694, passa de l'extrème misère jusque dans les bras du duc de Brézé, amiral de France, qui lui demanda en échange de la protection qu'il lui accordait de lui tracer le modèle du plus beau vaisseau qu'il put imaginer.

Ce fut ainsi qu'il inventa ces belles galères que les étrangers ont cherché à imiter.

Pour recompenser ses talens, Colbert lui fit donner une pension de douze cents écus, et Louis XIV l'appelait l'*inimitable.*

Aujourd'hui pour Priam, demain pour Ulysse.

PRIAM : ce fils de Laomédon fut emmené en Grèce lorsque Hercule renversa le royaume de Troie.

Il se racheta, releva les murs de cette ville et rendit son empire le plus florissant de l'univers.

Mais sous prétexte que Pâris, l'un de ses enfans, avait enlevé Hélène, les Grecs assiégèrent la ville et, *après dix ans de siège,* la saccagèrent et Pyrrhus massacra le vieux Priam au pied d'un autel qu'il tenait embrassé ! ! !

ULYSSE : roi de l'île d'Ithaque, fut un des principaux chefs qui conduisirent les Grecs au siège de Troie, qu'ils surprirent en introduisant dans cette ville un cheval de bois dans lequel ils étaient enfermés.

C'était un rusé coquin : il eut une cour et des courtisans; pour épouse la sage Pénélope et pour fils Télémaque si bien chanté par Fénélon.